谨以此书
诚挚地献给我的父亲和母亲

三宝北平奇遇记

—— [美] 玛丽安·坎农·施莱辛格 著

赵武平 译

中华书局

目录

序言

　　二十世纪三〇年代，我还是一个年轻女子的时候，写了《三宝北平奇遇记》这本小书，还为它画了插图。

　　事情的经过是这样的：

　　我母亲很了不起，热爱冒险。她相信，去国外旅行，可以让人开阔思维，增强意志，所以趁着四个女儿青春年少，就把她们送往地球上不同的遥远之处——至少，在我们看来，是很遥远的地方。

　　一九三四年，我从哈佛大学拉德克利夫学院毕业后，去中国看望姐姐威尔玛，她刚和研究中国的学者约翰·金·费尔班克[1]结婚。他那时出道不久，在写他牛

1　即美国汉学家费正清、费慰梅夫妇。

津大学的论文，钻研中国海关史。

在那些日子，到东方去，仍然还是一件挺不小的事。从旧金山到上海，搭乘大来公司的轮船要走十七天，而从波士顿到加利福尼亚，坐火车也要走四天半。我清楚地记得，"胡佛总统号"终于驶进黄浦江的那个夜晚，四周都是幽灵般黑乎乎的废弃物和小舢板。小舢板蜻蜓似的，在污浊的江面停泊的轮船中间，急速地穿来穿去。

见到约翰和威尔玛后，我们就一起沿着海岸，南下香港和广州。约翰在旅途中，还继续着他的研究。几个月后，我们又去了北平。我幸运地看到，古城虽说破旧，却仍焕发着中世纪的辉煌；城里人的生活，几乎还和几百年前一个样。环绕着的巨大城墙巍然耸立，人们可以沿着步道登上城墙，在墙头俯瞰隐秘的四合院和寺庙。

费尔班克夫妇在城东的房子，外面有两个庭院，推开大门就是一条尘土飞扬的胡同。几乎看不见汽车；出行主要靠人力车，或者骑自行车。空中回荡着自行车的铃声，还有街头货郎、送水的、贩煤的和做糕点的叫卖声。

可在我们的院子里，永远只有宁静祥和。

每天清晨，金发高个的约翰，明智地穿上蓝色厚棉袍，冒着冬天的严寒，隐身到院子一侧他的书房里。他身边都是中国课本和识字卡片。在一个中国老师的陪伴下，他刻苦攻读着不好对付的中文。我的姐姐威尔玛，是一个艺术史研究者，她在另外一个小窄间里，专注于复原唐朝的摹拓。我则在朝向院子的厨房间，随着儒雅的邓先生，上晨间的绘画课。

虽然没有共通的语言，可邓先生斯文有礼的鞠躬和笑容，已足以让我们很快成为要好的朋友。他每天在厨房的餐桌上，摊开作画的材料，简直像是要准备一席讲究的盛宴：六七支大小不一的毛笔，完美有序地排列在一侧，砚台和墨条摆放在另一侧；中间铺开的宣纸，和毛笔正好构成一个方形；在这个成几何形的摆设当中，是一册中国的经典教本《芥子园画谱》。这是一部古老的画谱，作中国画要用的所有笔法，全都收在里面。

邓先生教我握笔，研墨，蘸墨，运笔，恪守远古时期制订的严格笔顺法则。我必须非常努力，才能不被落下。他把我带进这个古老艺术的门槛，教我画梅花，春天开放的牡丹，冬雨中的山峦，虬曲的古松，银杏树，巉岩飞流和迎风而立的竹子。每一种画，都有一定的笔法。

有好些个下午，姐姐和我带着颜料和水彩纸簿去写生的时候，往往会招来一大堆好奇的围观者。我们也会骑着蒙古种小马，穿过冻结的田野——过了城墙外水不怎么流动的护城河，眼前就是一片田野——去踏访附近的村庄。

北平生活真是让我激动。回到美国，我就打定主意，要留下某种形式的记录。可用的材料太多了！我画过庙会杂耍和杂技表演的速写，也画过公园里拎着画眉鸟笼遛弯儿的老爷子，新年时在寺院里比赛摔跤的人，卖面条的，以及摆着各种架势舞刀的人。我还记得，在戏园子里，台上演员艺惊四座，而跑堂的在走道上奔忙着，把热毛巾抛给闹哄哄的看客。他们一边看戏，一边嗑香瓜子，随嗑随吐，弄得满地都是瓜子壳。

有了这些材料，加上这次独一无二经历的鲜活记忆，我决定把一个叫三宝的小村子里的男孩，在大城市北平遭遇到的一切，用写和画的方式表现出来。

如今，七十多年过去了。我想，这本小书里的内容，差不多可以成为一份历史记录。我担心，老北平所有那些我熟悉的美妙氛围，胡同，土房，市声，还有日常生活，都久已消失了。

玛丽安·坎农·施莱辛格，一百〇三岁
二〇一六年三月三日在马萨诸塞州剑桥

一

老虎风筝

三宝的爹爹，是中国的一个庄稼人。他家所在的灰色小村子，位于一个焦黄色大平原的中间。离他家小院和灰瓦房不远的地方，有一座石头拱桥。桥的年头已经很久，两端桥柱的上面，都雕刻着凶猛的狮子。

一条运河从桥下流过，河上游着一群清早出村的鸭子和鹅。放鸭人老李睡眼惺忪地在岸上瞭望着，不让任何一只鸭或鹅跑丢了。他挥动着长竿子，有时把一只黄毛小鸭从沿岸芦苇里赶出来，有时把一只走丢的公鹅从河边白菜地里撵回来。但大部分时间，他仰面朝天躺在岸上，兴致盎然地哼着小调，把竿子伸到绿色的水面上，拨出一道道涟漪。

"扑啦！哗啦啦！哗啦啦！"

蓝天上飘下一只大风筝，飞向波光粼粼的绿色河面，正落在鸭子和鹅的当中。

"呱呱，呱呱，"大白鹅和鸭子叫起来。

"呱呱，呱呱，"黄毛小鸭和小鹅仔叫起来，争先恐后游向岸边。

白菜地里跑来三个小男孩，是三宝和他的两个朋友，王二和小老鼠。他们手里拎着断了的风筝线。

"哎呀，哎呀，"三宝叫道，"正好落在河中间。"

"啊，啊……"小老鼠泪汪汪地说，"都快湿透了，可咱们在河边够不着呀。"

"快点，"王二喊道，"咱们不赶紧捞出来，鸭子和鹅要把风筝啄坏了。"

鸭子和鹅又游动起来。它们小心地靠到近前，打量着这个身上有黑纹的橘红色怪物。一只大公鹅用它笨重的硬壳尖嘴，开始危险地啄着风筝的竹子骨架。

"我知道了，"三宝说，"咱们去借老李的竿子，上桥去捞。"

老李和善地把长竿子递给三宝后，三个孩子就连忙

朝桥上跑去。三宝攀着桥栏，朝河面斜探出身子，而王二和小老鼠在他身后，紧紧地抓着他的蓝夹袄。他用力伸出不够长的右胳膊，想让竿子到骨架下面把风筝勾起来。

"啊呀，啊呀！"三宝喊道，"我勾着了，我勾着了！"

他爬在桥栏边，捞上了湿漉漉的风筝。它之前极像一头威风凛凛的老虎。村上其他的小男孩，有蝴蝶风筝，蜈蚣风筝，以及各种别的动物风筝，可谁也没有老虎风筝。这个风筝画着灵动的绿眼睛，而在它鲜亮的橘红色纸背上，有一道道黑色的条纹。它黑色的硬须，是用真马鬃做的。

这个风筝原本样子很凶，三宝的小妹妹只要看一眼，就会害怕得要命。几个小男孩每天一要去放老虎风筝，小妹妹就会哇哇哭叫着，往娘身边跑去。她一跑动，硬硬的小辫子就跟着上下跳跃，鲜艳的紫红夹袄也会在身后高高翘起。娘于是就抚着她的小脑袋，安慰她说：

"小妹，风筝是竹子和纸做的，老虎是用黑色、橘红色和绿色三种颜色画出来的，吃不掉你。它要上天飞，不会在地上咬你的脚趾头。"

三个小男孩摊开湿答答的老虎，把它晾在暖和的阳光里面。老虎耷拉着湿胡须，好一副悲伤的模样。三宝细细看去，发现柔软的纸张并未裂开。与此同时，王二和小老鼠则帮着老李，在两棵小白菜中间，逮出了一只刚才跑丢的小鹅仔。

风筝终于干燥平整了，再次变得结实起来。三宝对另外两个小男孩喊道，"咱们到小山上放吧，别再掉到河里去了。"

于是，王二和小老鼠抓起风筝线，从地里穿过去，往小山的方向跑去。三宝跟在后面，在头顶举着风筝，直到有风吹来了，才猛地撒手放飞。

起来了，老虎飞起来了。三个小男孩在底下的白菜地里，身影变得越来越小；他们的欢叫声，也越来越微弱。老虎把风筝线绷得很紧。三个小人必须卯劲地奔跑着，牢牢抓住风筝线，步子才能跟上调皮的老虎。

小山上有一棵孤零零的银杏树。从树顶掠过的时候，风筝因为飞得过于得意，竟把拖着的长线，缠在了树枝上面。一眨眼工夫，线就扯断了。带黑纹的橘红色大老虎忽然停了下来，在空中颠簸一下，然后慢慢落向地面，就像是在村庄和田野的高空上飞得厌倦了。但它没有掉进河里，而是落到了一丛荆棘的上面。

漂亮的老虎这一次在荆条上戳坏了，成了一堆橘红色、绿色和黑色的破烂。

三个小男孩跑过来，沮丧地把残片收拾起来。三宝要把飘着碎纸的竹架带回家，王二和小老鼠就帮着卷起了风筝线。

"好吧，至少，"三宝说，"小妹不用再害怕了。"

二

三宝的秘密

老赵是村上的鞋匠，为人很友善。他不光做冬天穿的棉靴，也给全村人修补鞋子。这天的傍晚，他像往常一样收工后，卷起了做鞋用的黑布和鞋底毛毡。他也收好针线，把做活用的长条凳靠到墙角。他戴上黑色瓜皮小帽，系上蓝大褂的纽扣，从架上取了笛子夹在胳膊下，拉上小店的板栅门，沿着尘土飞扬的街道，朝村外走去。

"傍晚好，老赵。"所有在街上玩的孩子们都说。"傍晚好，老赵。"站在大门口的老太太们也说。老赵愉快地应声点着头。不管是老人，还是孩子，人人喜欢老赵。他很擅长讲故事。他会坐在做活的条凳前，一边缝着鞋，一边讲古代勇士激战疆场的传说。故事一讲开头，就要讲几个时辰，有时要好些日子才能讲完。

这个傍晚他没有停下脚步，去和村上的老年人聊几句，或者抽上一口旱烟，而是径直走出村口，过了两端都有石狮柱雕的拱桥。他登上孩子们放风筝的小山，站在了枝繁叶茂的银杏树下。他喜欢面对平静的田野，站在那里遥望日落。他取出细长的竹笛，望着太阳缓缓落向西山，吹起忧伤的小调。

三宝和他的两个朋友尤其喜爱老赵。他们不放风筝的时候，就来到灰土弥漫的村街上，坐在他的脚下，听他讲精彩的故事。

这天傍晚他们跟着他，也上了小山。他们来到近前，坐在焦黄色的地面上。

"哎，老赵，给我们吹个曲子吧，求您了。"王二说。

"不，不，老赵，您还是讲故事吧。"三宝求道。

"今天不行，"老赵把笛子从唇边移开，"如果你们明天来，我就讲老虎皇帝抢亲的故事。现在赶紧走开，不要烦我老赵了。"

三个男孩只好离开，到一旁去捉迷藏。他们很快玩

累了，于是爬上了树。他们在最高的树枝上朝西远眺，能望见大城北平的墙和门，统治中国的皇帝以前就住在那里。

"将来，"小老鼠望着远方的景色，眼中流露出渴望的神色，"我一定要去大城，看一看寺庙、宫殿、市场和庙会！"

"也看看所有的人和铺子！"王二激动地补了一句。他喜欢去村里的小铺玩儿，甚至在连买新陀螺的铜板都没有一个的时候，他还要去玩儿。对他来说，这胜过一切。

三宝的眼睛亮了。他的秘密再也守不住了。

"明天，"他说，"我要和爹爹进城去。他去卖粮食，会带上我。"

王二和小老鼠望着他，露出嫉妒的神情。从小到大，他们总能看见进城的人们，成群结队地从村子穿过。在川流不息的队伍中间，有撑着蓝色拱形罩篷的灰扑扑的小推车，驮着重货的毛驴，和用竹竿挑着装满东西的箩筐的男人。但是，除了爬到银杏树最高的枝桠上，这几个孩子没去过离城更近一些的地方。

看着两个朋友丧气的样子，三宝有了一个好主意。

"说不定，"他说，"我会在城里找到一个极好的新风筝，比老虎风筝更大、更漂亮，能飞得和月亮一样高。"

王二和小老鼠高兴了起来。

"啊，对，三宝，"王二应道，"买一个新的，正好替代咱们可怜的老虎风筝。还有，要记得回来以后，把你所有看到的，全部讲给我们听。"

他们爬下树，跟老赵道过晚安，走过白菜地，上了小桥。在桥上分手之后，三个孩子跑回了各自的家。只有老赵一个人，还在越来越重的暮色里，继续吹着忧伤的小调。

三

去北平的路上

第二天早上，太阳没出来，三宝就起了床，看他爹把满满两口袋粮食搁到驴背上。母鸡睡眼蒙眬，抓挠着院里散乱的干草。公鸡刚打过鸣，用尖嘴摆弄细瘦的羽毛，像一个骄傲的老太太把几根稀发梳理整齐。鸽子将脑袋窝在翅膀下，仍在睡觉。院角一头低声哼叫的母猪，身边围着一群猪娃。一只黑白混色的小猪，摇晃着立起身子，脚跟不稳地嗅着空气。

　　耐心的小驴困倦地昂着脑袋，仿佛醒得太早了。可是，三宝却毫无睡意。他围着爹爹和小驴，开心地又蹦又跳，连着转了三圈。他跳得那么兴奋，竟吓得温顺的小驴猛地醒来，尥起蹶子，险些把粮袋甩到地上。

　　"安静点，三宝，"爹爹说，"扶着驴头，让我把粮袋绑结实了。"

绑紧口袋后，爹爹把三宝抱上驴背，让他骑在两袋粮食中间。三宝挥着刚折的细柳条，打着小驴，让它加快脚步，不要磨蹭。

巨大的太阳升起的时候，三宝娘站在大门口，挥手送他们上路。她头戴黑帽，光滑的黑发上插着大红花，怀里抱着穿紫红棉袄的小妹妹。小妹妹还没睡醒，脑袋靠在娘的肩头。其余的小孩子，包括三宝的几个弟弟，另一个妹妹，还有他的朋友王二和小老鼠，都在硬炕上酣睡呢。炕就是土坯床，上面铺有多层棉被褥。就连村里的狗，也蜷作一团，在灰土遍地的街上睡着呢。

他们上路了。小驴撒开蹄子，在坑坑洼洼的硬路面上飞跑起来。它脖子下面的铃铛，发出丁零丁零的欢响。他们穿过运河上的小桥，来到了向遥远的地平线延伸的广阔田野里。焦黄色的大地上，覆盖着一片青翠。冬小麦在拔节生长。春天来了。

太阳更高了，三宝感到热了起来。大清早时，天还很冷，身上的棉袄也并不觉得太沉，现在却压得他有点

喘不上气了。

"我得脱了衣裳，叫小驴披着，"他自言自语道。

他脱下外面笨重的夹袄，披在小驴脖子上，身上只穿一件薄棉褂，褂子前襟上的纽子都系着。他脚上的黑毡棉靴是老赵做的，鞋底很厚。他穿的长蓝棉裤，靠脚脖子的地方，扎着漂亮的红绒线。他头上是一顶沉重的棉帽，两边防寒的大绒帽耳朵都松开着，伴随小驴的碎步，一上一下地抖动。

三宝爹是一个瘦高个，腿很长，脸上带着快意的笑容。他在儿子身旁，随着小驴的脚步，轻松地向前赶路。三宝快乐地哼着小调，不时手脚并用，柳条和靴子轮番上阵，催促小驴小跑不停。

上了大路，他们遇见了同样起早赶路进城的人。有人骑驴，有人骑自行车，还有人用长竹竿挑着东西。他们走到了一个推独轮车的前面，他车上捆着两头尖叫连连的黑猪，要送到市上去卖。

"为什么不把咱家的猪也送去卖呢？"三宝问爹爹，"它们可肥多了，叫得也比这两头响。"

爹爹笑了。

"要是往驴身上再绑两头肥猪，三宝，可就没你坐的地方了，"他说，"我们改天才能把它们送去市场。"

一个身穿柔软蓝大褂的斯文乡绅，坐着颠簸的洋车过来了。他看样子很不舒服，因为路面上都是车轮碾出的深沟，只要拉车的苦力一落脚，就会扬起一阵烟尘。他拿着白色大手帕，掩了口鼻，以免吸进灰尘。

三宝和爹爹并不在乎灰土，他们一边赶路，一边和同路人开心地攀谈着。

三宝心想：我一个小孩子家，跟着爹爹骑驴进城，每个人见了一定都很吃惊。

但人们看在眼里，谁也没说什么，他只好自己在心里嘀咕。

四

北平的城墙

他们慢吞吞走了几个时辰后，眼前出现了一座多孔的石桥。每一个桥孔的上面，都有雕着莲花瓣和狮子的石柱。桥下流过一条运河，两岸垂柳遍布。平静的水面上，倒映着柳叶的嫩绿。一些女人在岸边洗衣裳，而几个男人正在河里的平底船上钓鱼。他们似乎没钓到什么，但仍耐心地待在明媚的阳光下，或者出神，或者打盹，一坐就是好几个钟头。

从河面远望过去，就能看到大城的高墙。城墙竟然有这么高大，三宝可从来没见过。当然，他们的小村子也有土坯寨墙，而且大街两头的村口，也各有一个摇摇欲坠的寨门。两相对比，寨墙更像一个玩具。

城墙顶上有一个角楼，高耸在河面之上，背阴的墙面上，开着许多大窗户。角楼的屋顶呈坡形，上面铺的都是亮闪闪的绿瓦。

"这就是我们从山上望见的城楼吗？"三宝问爹爹。

"这只是好多城楼中的一个，"爹爹答道，"但跟别的不同，这个里面有妖精，会闹鬼。屋梁和椽木之间阴暗的地方，住着一个狐狸精，月圆的晚上，会出来嚎叫。"

三宝听这么一说，冷不丁打了个哆嗦。他爬下驴背，攥着缰绳站在旁边，仰望着城墙和坡形绿瓦屋顶，它们好像是在蓝天里面。

"我得记住，把这个给王二和小老鼠讲讲，"他自言自语道，"城楼里的狐仙故事，说不定老赵可以讲给我听。"

爹爹没留意三宝停了下来，还在和同路人说着话往前走。同路的人推着一个独轮车，是去把一群咯咯乱叫的鸡送往市场。

三宝呆立着，看了好长时间。这时又过来几辆平板车和大马车，沉重的车轮在路上碾起一阵灰土，把他呛得直咳嗽，气都喘不上来。他赶紧挥起柳条，打着小驴跑了起来。

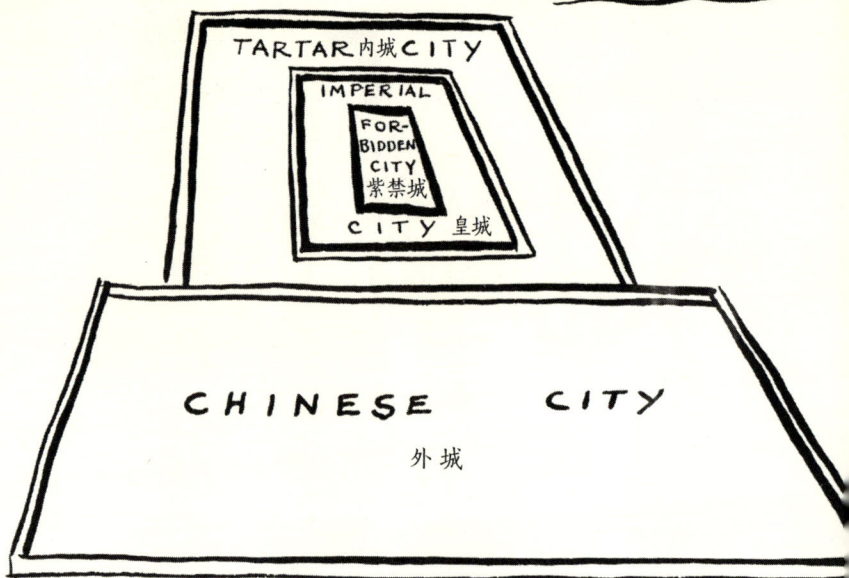

爹爹已经踪影全无。一刹那间，三宝的心似乎跳进了嗓子眼。接着，他忽然看见爹爹高大的身影在远处出现，但转眼又消失在浓重的烟尘里。

"爹爹，爹爹！"三宝喊了起来。想到自己走丢在陌生人群中，他心里感到非常害怕。爹爹听见叫声停下来回过头，等着他赶到身边。

"别怕，"他用责怪的口气说，"回村的路很清楚，咱们去的五星号粮店，在城里庙会的边上。"

爹爹话虽这么说，可三宝还是觉得，在人生地不熟的大城里，他可不愿看不见自己唯一认识的人。

在他们面前出现的，不是一座，而是四座城。布局巧妙的北平，其实是三座城，一层包着一层，如同连环相套的彩盒。而在最外面，另外还有一座城，像是从彩色套盒中跑出来的。

每一座城，都有自己的城墙。正当中的城叫紫禁城，是中国皇帝以前的起居地。它之所以取名"紫禁城"，是因为除了皇帝和大臣，别人严禁入内。虽然皇帝没有了，可他们金碧辉煌的壮丽宫殿，却还留在老地方。城墙都刷着带暖意的玫瑰红色，墙头上是在太阳下灿灿发光的黄瓦。城外围绕着一条护城河，河面到夏天就开满荷花。其余的都是土坯墙，上面的一个个墙垛，看上去像是方方正正的大牙齿。城墙上的许多垛口，是古代守城将士，向城下敌人发射如雨之箭的地方。如今，城墙遍布裂缝，里面杂草丛生，甚至长出了树木；有些墙垛已经残破，需要加以修补。

所有城墙的门楼，都比墙根下的平房高十倍以上。城墙比地牢的墙壁还厚。城楼上是坡形的瓦面屋顶，巨大的城门坚实而厚重，门板上布满铆钉。

人们要去睡觉的时候，城门就都关起来。要是闹强盗，或者出现别的险情，甚至在大白天，城门也会关闭。到了那时，老城就跟蜗牛似的，缩起脑袋，关上身后大门，静观其变。

五

小驴遇险

城墙笨重的大门，今天全部大开着。三宝和爹爹，还有小驴，随着熙熙攘攘的人流，穿过了大城灰土弥漫的拱门。

刚刚来到城里，就看到一条铁道。趁大火车还没从南边开过来，每个人都急着要穿到路的对面。三宝、爹爹，还有小驴，跟着大家加紧了脚步。

"快过，啊，快点，"三宝爹说，"我听见火车叫了。"

赶大车的扯着嗓子，吆喝着他们的骡子；骑自行车的使劲摁响车铃，警告着拉洋车的；拉洋车的大声骂着走路的；穿棕色制服的警察，却抱着双臂站在一旁，偶尔懒懒地挥几下警棍，什么话也不说。闹哄哄的气氛中，传来了汽笛的尖叫，火车马上就要到眼前了。

守道口的胖子，声嘶力竭地吼着，叫人们赶紧让开，好把铁道闸门关上。可就在这个关头，小驴却傻仰着脑袋，冲到铁道当中，站下不走了。也不知是给铁轨上闪耀的阳光迷住了，还是厌烦了被人吆来喝去，反正小驴就是站着一动不动，不肯往前再迈一步。

三宝既怒又怕，都快哭出来了。

"快点，小驴，快过呀，火车头厉害得很，它一过来就把你吃了。"

汽笛声鸣叫着。呜！呜！

三宝在前面拽着小驴，爹爹在后面用力推。赶大车的，拉洋车的，骑自行车的，还有走路的，七嘴八舌地给他们支着招儿。吵闹的人们推搡着，拥在一起，连个缝儿都没有。三宝紧抓着驴缰绳的手给挤松脱了。人群裹挟着他，从道口看守人和警察的面前经过，涌到了城里。

道口看守人气得火冒三丈。

"滚，从铁道上滚开，傻驴！再不离开，你就没命了！"

"呜……"火车响着长笛。马上就开到跟前了！呜！呜！呜！

警察不再挥舞警棍，开始用它狠打小驴的屁股，可是还不起作用。终于，道口看守人也没了耐心。他使劲抓住小驴，铆足劲往前猛推一下，把它从铁道上推了开去。然后，他用力地关上了道口的闸门。

人们哈哈大笑起来，甚至连小驴似乎也在发笑。它扑棱着耳朵 —— 多半是为了驱赶苍蝇，一边弯起了嘴唇，勉强算是在露出笑容。

但是，三宝爹似乎并不觉得好笑。他狠狠打了一下小驴，然后弯下腰，重新绑紧它背上的粮袋，刚才守道口的胖子把它们都弄松了。

在他低头忙活的时候，火车呼啸着冲了过来，在铁轨上发出轰隆轰隆的巨响。声音响得那么厉害，他竟然一点都没注意到，三宝已经消失了。他没有看见三宝穿过铁道，来到了路对面人潮汹涌的街上。

六

三宝走丢了

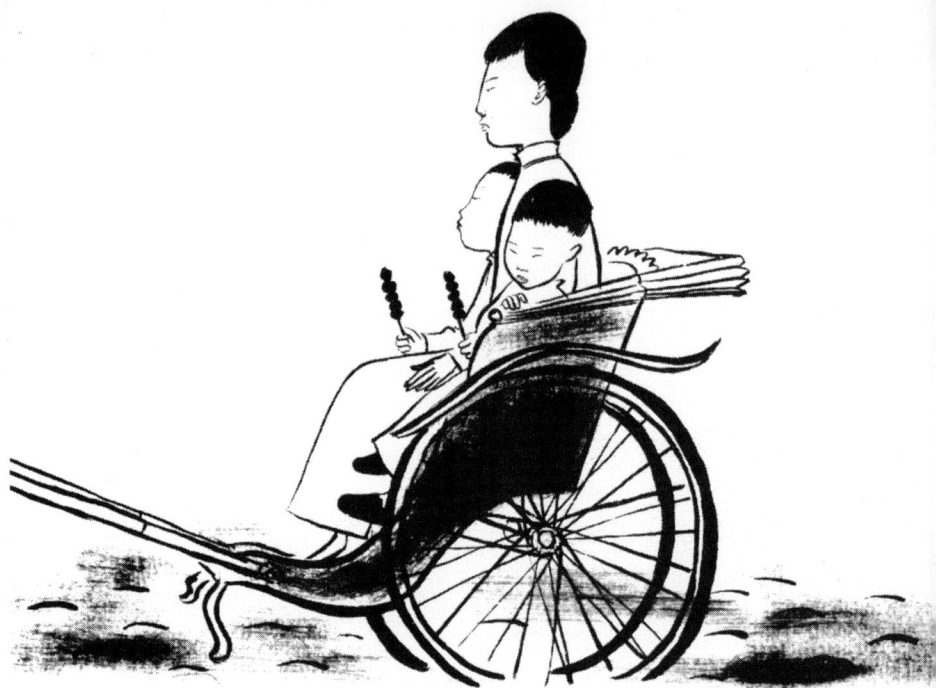

三宝这回真是走丢了。火车的通过似乎用了很长时间。等它终于缓慢地过去后，拦在道口的人群和车辆，一下子爆炸开来，像一个气球突然被刺破了一样。在匆忙和混乱中，三宝找不到爹爹和小驴了。他所看见的没有一个熟面孔，四周全是灰头土脸的人和驴。可在他们匆忙离去的时候，爹爹和小驴的身影却消失了。

　　三宝顿时没了主意。他真想坐下大哭一场。无尽的人流还在涌动，可他却感到自己孤零零的。一个送水的过来了，独轮车上推着倾斜的水桶。吱吱扭扭的车轮声，听来倒是相当熟悉，这让他多少心安了些。一辆洋车跑了过去，拉着两个和他差不多年龄的小男孩，和他俩的娘。三个人都穿着新的蓝大褂，其中一个男孩在吃透明、发亮的粉红色糖葫芦，就是那种串在长细棒上的糖山楂。洋车拉着他们走远了，谁也没有顾上看他一眼。三宝心里非常难受。

"我都不知道，能不能再见到娘和小妹了，"他想，"除我之外，好像每一个人都在着急赶路。"确实，仿佛谁也没有空闲，瞥一眼他这个迷路的小男孩。

突然，在温暖的春天的空气中，三宝闻到了刚煮出来的面条的味道。隔着路旁的小河，他看见，灰墙底下的阳光里，一个卖面条的人正斜靠在他的摊头。两根棍子撑着一个蓝灰色的大布篷，遮着头上洒下的朝阳。他光着脑袋，腰上系着脏脏的大白围裙。他嘴巴里只有一颗门牙。每一个路人经过，他都会招呼道，"热面条！热面条！来吃碗热面吧！"

好像没人想吃面。说实在的，他的生意并不好。三宝鼓起了勇气。

"这人不很忙，"他自言自语道，"兴许他能帮我在这大城里找到爹爹和小驴。"

他过了河上的桥，来到那人面前。

"大爷，"他开口道，"我爹和我家小驴，跟我走散了。他们要去五星号卖粮食。麻烦您，大爷，能告诉我去五星号怎么走吗？"

"城里几百家五星号呢。你怎能找到要去的那家？知道在城里什么地方吗？"

三宝努力地回想着。

"我爹说，进城门后就沿着一条宽大街向前走，靠近一个卖鸽子、鹩哥和风车的庙会，还有——"

"啊唷，"卖面条人不等他说完，就挥起长勺子，指着北面的城门，"那边——隆福寺庙会，就是你要去的地方。人们今天都在那儿做生意呢。"

三宝转过身，要抬脚离去。但他褐色的大眼睛准是露出了饿相，因为卖面条的人在身后喊他了。

"回来，小孩，我看你是饿了。来，吃了这碗刚煮出来的面，就坐凳上吃吧。"

三宝拿着长竹筷，吃开了面条，卖面人接着说："到了庙会上，你就会看见要杂技的，变魔术的，还有踩高跷的。没错，那里也卖白色的肥鸽子，还卖鸽尾巴

上用的哨子。"他又说，"听，鸽子这会儿正在天上飞，你听得到的。"

三宝从面碗上抬起头，朝湛蓝的天空望去。一群欢快的白鸽正在上面盘旋。它们一边在空中飞翔，一边发出甜美而幽怨的尖啸。就是那种竹哨在风里吹响的声音。鸽子的尾羽上面，用了细的圆环，紧绑着哨子。哨声那么动听，却又那么忧伤，三宝从来没有听过。

三宝吃完面，刚放下筷子，就听到和蔼的卖面条人说："好吧，你可以走了，路不难找。我要招呼客人了。"

三宝刚想向他道谢，可好心的卖面条人已转身洗出几个碗来，盛上热腾腾的面条，端给了在一旁等候着的苦力。

七

一袋沙果

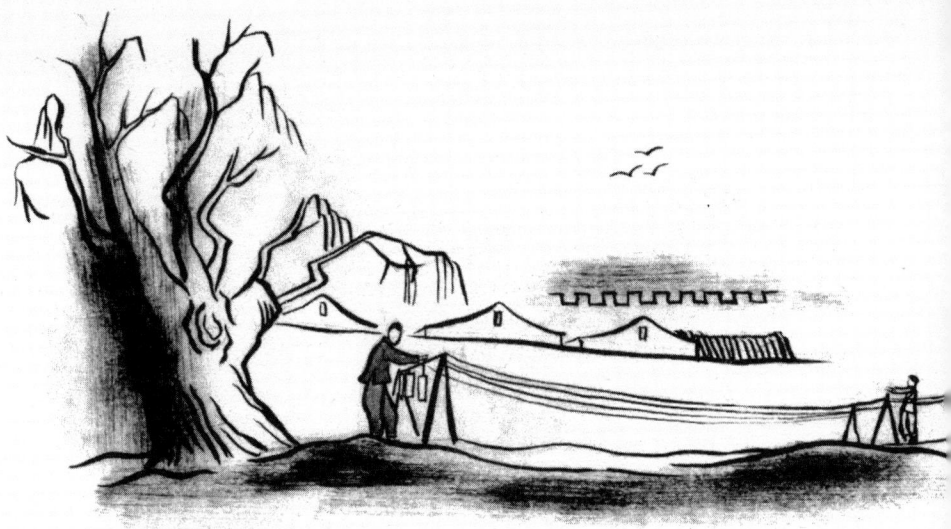

朝着卖面条人指的方向，三宝动身往前面走去。尽管肚子饱了，身上也暖和了，可他心里还是沉甸甸的。

　　在小河的岸边，几个盘丝的人正在忙碌。光泽明亮的黄色细丝，一股一股地盘在一起，在阳光的照射下，跟蜘蛛网似的，发出金灿灿的光芒。就在三宝深一脚浅一脚往前走的时候，一不留神，差点撞在了盘丝人的身上。

　　"退后点儿。要把丝弄断，那就全完了，"盘丝人大叫起来。虽然叫得很凶，可他们并不停手，依然在忙不迭地把丝往线轴上盘着，发出呼呼的响声。

　　三宝接着又往前走，可似乎总会挡住别人的路。这时，路上过来一队乱毛蓬松的运煤骆驼。它们的腿部和肩部都耷拉着大团大团的毛，因为马上就要换毛，越冬的棕色长毛不需要了。它们的走姿高傲，很像目空一切的乞丐。

赶骆驼的是一个五短身材的壮汉，脸上经过风吹日晒，布满疤痕和皱纹，因为他这大半辈子，无论刮风下雨，都要赶了驼队，把煤从西山送到城里。他头上包着一块脏脏的蓝布，黑棉袄随意搭在淌着汗的黝黑的肩头。

"别挡道，"他粗鲁地吼着三宝，"退后！退后！嘘，小孩，嘘。"

三宝没注意骆驼走了过来。它们笨重的脚步声很轻，他并没有听见。听到吼声，他猛地抬起了脑袋。骆驼差一点就踩到他身上了。在这紧要关头，他赶紧让到了路边。但他躲避的时候，却没有停脚看前面的路。"哐！""扑通！"他和一个身负重袋的男孩子，"砰"地一声撞在了一起。他俩仰面朝天摔倒在灰土里。袋子里的沙果猛地滚了出来，在满是灰尘的鹅卵石街道上，撒得遍地都是。

赶骆驼人觉得很好笑，开心得直拍大腿。

"哈，哈，哈，"他喊道，"你这小笨蛋，看把别人弄得全身是土！你娘真不该放你出门呀。"

骆驼只是抽抽鼻息，鼻子高昂在半空中，继续缓步前行。但三宝跌在硬邦邦的石子上，身上摔得生疼。把人家的沙果打翻在土里，他感到太难为情了。

他连忙去捡起四散的沙果。旁边的那个男孩，个头比三宝高，年龄也大一点，张大了嘴躺在地上，满脸怒气和惊讶。

"你不看路吗，瞎眼驹子？看你把沙果都弄脏了。我爹见了，怎能不骂？"

三宝没有出声。所有的事，所有的人，他今早似乎都遇上了。他只顾着跪在土里捡沙果，神情极其沮丧，一遍又一遍地带着歉意说："真对不起，骆驼差点踩到我，我光顾让路了。哎呀，真的对不起。我不是故意撞你的。"

他道歉的惊恐样子，倒是让那个名字叫小青的男孩，觉得非常不好意思了。他心想，三宝看起来真是好滑稽，棉帽耳朵高翘着，腿上摆满小沙果，脏脸上一副苦相。

小青忽然笑了。三宝见他露出笑容，就感激地大声说，"你要能原谅，不管去哪里，我都帮你扛着东西。不过请别打我，也别骂我。我不是成心的，真的，我不是成心撞你的。"

　　他们把最后几个沙果，从鹅卵石的土缝里捡出弄净之后，就结伴上路了。

八

捏面人的

"你要上哪去？"小青问道。他俩开始沿着大街，往城中心走去。和三宝一样，小青也穿着蓝裤蓝褂，前襟从上到下也有一排布纽子。小青头发剃得很短，紧贴着头皮。

　　"哎，"三宝叹口气说，"我走丢了。"他强忍着没有哭出声来，虽然很想嚎啕大哭。"我跟爹爹还有我家的小驴走散了。我都不知道以后还能不能见到他们。城里这么大，离家又很远。"

　　他抬头看到北平高大的城墙，延伸到很远的地方，一眼都望不见头。高耸的城墙下面，都是小平房。他还瞥见行人，毛驴，马车，独轮车，洋车，还有骆驼，不断从巨大的城门下穿过。他心想，离开运河边自己安全的家和在河上结队游水的小白鸭，到底是图什么呢？

"哦，好吧，"小青说。他一下子觉得自己长大了，应该多负一些责任，"如果能告诉我，他们去什么地方，我也许可以帮你。"

于是，三宝把给卖面条人说的话，又给他说了一遍；他说到了有鸽哨和踩高跷的庙会，"跟农村人赶的集一样，不过要热闹得多。"他又说。

小青高兴了。"知道吗，"他说，"算你运气好。我正好也要去同一个地方。我爹在那边有个糕点摊，有棒棒糖、麻花和其他好吃的，各种花样全都有。我正要送沙果给他，好用来做糖果。所以，你跟着我，准能找见你爹和你家小驴。另外，你还会看到耍杂技的和变魔术的。"

三宝心情一下子舒畅起来。他环顾四周，看起了城里的街景。他现在觉得，准能找到爹爹和小驴了。

两个孩子来到一个路口，看见一条穿城而过的大街，两边全是花哨的店铺。铺子大多都是平房，门面沿街而开。门头上方的漆金木雕上，是象征吉祥的花卉和蝙蝠。木头的招牌和飘在街头的布幌上都写着巨大的字，人们一看就能知道铺里卖的是什么。

有铺子卖用纸和玻璃做的漂亮灯笼，形状有金鱼的，也有蝴蝶的，透出粉色、绿色和红色的亮光。也有卖明晃晃水壶的铜器铺，卖各种彩绘茶壶和碟子的瓷器铺；还有布庄和花店。花店的灰色小花盆里，养着刚冒花骨朵的腊梅，树枝造型千奇百怪。

三宝四处张望着，眼珠子简直要看得掉出来了。但是，就在他走走停停，一个劲儿往店里瞅的时候，小青扯了扯他。

"不能多停啊。我被你撞倒，时间都耽搁了。你多和你家小驴，不知道你在哪里，肯定也很着急的。"

想到小驴起急的样子，三宝差点笑了出来。他急忙跟着小青的脚步，在十字路口换了个方向，进了一条弯曲的胡同。这是一条窄路，两边都是灰色的高墙。

他们没有走出多远，就迎面遇见一群小孩子，围着一个坐在高墙影子里的小个子。他的后脑勺上戴着闪亮发光的黑帽，帽顶当中有一个明亮的黑布结子。他下巴颏上长着一颗黑痣，上面留了两缕长须。他手指忙活着，似乎在制作什么东西。孩子们都看得很专注，身体不动，头也不抬。他们圆脑袋上翘着的小辫子聚在一起，密密麻麻的，几乎毫无动静。

"准是在做小人呢，"小青叫道，"咱们也去看看。"

等到走近了，他们这才看出，那人在捏一个气度非凡的武士，样子彪悍而又威猛，叫人见了不寒而栗。他是在用面团捏小人呢！他面前是一个方便搬动的台子，上面的几个小碗里面，盛着用彩虹的七色染过的米面。小个子搓着彩色的面团，捏出武士的胳膊之后，把一柄宝剑放在他的手上，接着做出了黑色的长须髯。

"好嘞，"他稍停片刻，捻了捻下巴颏黑痣上的两缕黑须，若有所思地拽了一拽说，"咱们这就给他把脸做出来。"

"噢！啊！"孩子们齐声叫了起来。

他灵巧地动了两下指头，给武士捏出一副威严的面孔。所有的孩子都踮起了脚尖，凑上前去想看个仔细。一个背上拖着长辫子的小姑娘，见到武士的凶相难免吃了一惊，而她抱来凑热闹的小弟弟，却咯咯地笑着，忽然伸出了小胖手。武士头饰上飘摆的雉鸡翎，险些儿就

给他打落了下来。

"哎，哎，"其他小孩惊叫起来，"快把他放下来。他会打坏漂亮小人的。"

"喏，这个武士给你，"小个子说着，把捏好的面人，递到了面前小男孩的手上。"铜子给我吧。对的，一个，两个，三个。"他看着小顾客数出三个深色的铜元，又说了一句。因为一直攥在小胖手的手心里，铜元还是热乎乎的呢。小男孩自豪地举着新买的面人，让其他的小孩子都羡慕得不行。

三宝从没见过捏面人的能做出这么别致的小人。他捏完武士以后，又捏了一个头戴红牡丹的娇小姐，一个蓄着几根白胡子、身穿黑大褂的狡猾读书人，还有许多的鸟兽。在三宝看来，无论是咆哮的老虎，还是盘着长尾的蟠龙，他仿佛都会捏。盯着捏面人的飞动手指，见他转眼捏出一个小人，就连好似无所不通的小青，也把眼睛都看直了。

九

老王和他的茶摊

接着，小青忽然回过头，又对三宝开了口。

"咱们赶紧走吧。肯定来不及了，"他叫道，"这么久都没有取回沙果，爹准要骂我的。"

两个孩子于是抬起笨重的袋子，继续向前赶去。

他们一路上不时遇见驮着东西的毛驴，和在旁边走的高个子。那些毛驴看上去长得和小驴都差不多，三宝禁不住叫了起来："看那边，小青，我敢肯定那就是我家小驴。咱们走快点，追上他们。"向前跑的时候，沙果袋子左摆右晃，不时和他们的腿相撞。但是，哪一头也不是他家的小驴，高个子也没一个是他爹。

最后，小青喊了起来："能看见庙会旗幡了。咱们马上到家了。"

他们放眼望去，看见高高的柱子上面，飘扬着鲜艳的红绿色旗幡；遮篷下的各种铺子，汇成了一片汪洋；随着微风起伏的篷布，像是灰色大鸟扇动的翅膀。

　　甚至在很远的地方，他们就能听到店家嘈杂的叫卖声。每一个人都在歌唱，在长篇大论，尽情炫耀自家货物。有人在金属小杯上猛击一下，发出"砰"的脆响，把顾客的目光吸引过来。卖旧衣的抑扬顿挫地吆喝着，夸他家出售的单衣和大褂多么漂亮；卖鲜花的也高喊着："来呀，来呀，来买盆蝴蝶花，摆到你家院里桑树下多美啊。"

　　"喂，小青。"叫卖声中传来一个低沉的话音。小青侧过身子，想听听是谁在叫自己。原来是老王。他站在自家的露天茶摊前，一手端着壶茶，一手托着摆着小瓷杯的盘子。他正在忙着给人沏茶。客人围坐在小桌子旁，头上是用棍子挑着的遮阳草席。他暂时停了下来，要和两个孩子说话。

　　"我看你今天是来迟了啊。你爹不骂你？"他笑嘻嘻地问，"替你扛东西的乡下娃是谁？哈哈，小青！你真可以啊，敢让别人替你干活！"

他开心极了，笑得连圆肚皮都晃动起来，甚至还把手中的茶壶晃出了一股热茶，浇在了肮脏的地面上。

但是，小青一点也不在乎老王的调笑。

"老王，您兴许能帮个忙，"他说，"三宝跟他爹和他家小驴走散了。他们是来赶庙会的。您一天到晚站在这儿，看着人来人去，有没见过一头驮着两袋粮食的毛驴，跟着一个身披蓝夹袄、拿柳条的高个子？"

老王眨巴眨巴眼睛。

"这可是个大问题，小青。要说见过，我见过成百上千的毛驴和穿蓝夹袄的人。但他们究竟谁是谁，我可分不清楚。再说了，我也不能把所有时间都用来看街上的灰土驴和赶驴的不是？"

他回过身抛下一句话，"好了，我得把这壶茶，赶紧给那边的客人送去……"

十

小偷

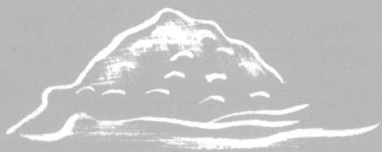

老王话音未落，一阵吵闹声把他打断了。

"小偷，小偷，他偷了我的钱袋。就在他胳膊下。拦住，拦住他！"

茶摊前尘土飞扬的胡同里，不管不顾地跑过来一个人，身后紧追着一大群人，大呼小叫地挥着手中的家伙。那人一路飞奔过去，踢翻了一个摇摇晃晃的玩具摊，又从一条流浪狗身上一跃而过，接着撞倒了一个烤红薯的挑子，那个挑子的一头是火炉，一头是扣着盘碟的木托盘。红薯和五颜六色的玩具混在一起，在尘土中滚得满地都是。一身虱子的流浪狗，趁乱偷偷溜走了。

小青和老王搭话的当儿，三宝就在旁边等候，一直坐在胡同当间儿的沙果袋上面。小偷正好沿着窄胡同，拼命奔跑过来。

"三宝，三宝，快闪开！"小青见人飞奔过来，扯着嗓子喊道。

"哎，哎，"其他人也在高喊，"小偷，小偷过来了。拦住，拦住他！"

三宝连忙起身让路。

但是，沙果袋还赫然留在满是灰土的胡同中间。

小偷跑得飞快，丝毫没有留意其他东西，结果慌张地踢到小青的沙果袋上，一个倒栽葱绊倒在灰土里。钱袋脱手而出，恰好飞到了三宝脚下。谁也没有看到三宝弯腰捡起了钱袋。

男人，女人，还有小孩子，都急忙跑出胡同，要不就从铺子里探出脑袋，想看看到底怎么回事。但没等人们追过来，小偷就从土中一跃而起，继续疾速向前跑去。他很快跑到了胡同尽头，消失在洋车和马车混乱的车流之中。

每个人都激动地叫嚷着。卖花生的，老王，他茶摊上所有的客人，卖玩具的 —— 他的玩具小马、小鼓和木

剑仍散落在灰土里，还有卖红薯的，都厉声争吵着，噪聒不休。

他们中间一人叹着气说，"哎唷，我的钱给偷了。哎唷，哎唷，我可怎么办啊？"他一边捶胸顿足，一边朝小偷跑掉的方向挥舞拳头。

"啊，爹，"小青挤出人群，走到唉叹着的那个人前喊道。"你被抢了吗？"

那人大声哀号着答道，"是啊，青儿。哎唷！咱们算是毁了。他一把夺过钱袋，没等我去拦，就跑没影了。咱的钱回不来了。你下顿饭去哪里吃啊？"

在这个时候，三宝混在喧嚷的人群中，就像是一条小杂鱼。他从一个胖太太胳膊肘下探出脑袋，拉了拉小青褪色的蓝褂子。

"这儿，小青，"他腼腆地小声说，"钱袋在这里。小偷跌在沙果袋上，扔出了钱袋子，我捡回来了。给你爹送过去？"

小青激动地接过钱袋，递到了他爹手中。每个人都朝三宝围拢过来，挤得他气都喘不上来了。

"在哪里捡的？"卖红薯的问。

"应当是小偷跌翻时，钱袋甩了出来。"卖玩具的说。

"看呀，看呀，钱袋是那个小孩捡到的。"拎着一篮鸡蛋的胖太太说。

"钱袋一直是在土里啊。"老王大笑着嚷道。

三宝真是宁愿自己从未看见钱袋子，并且也从没把它从土里捡回来。现在招来这么多人注意，还提出这样那样的问题，让他既难为情，又不知道怎么回答。

小青爹不禁大为惊讶，三宝竟把钱袋子找回来了。听了三宝的尴尬遭遇，就拍拍他的肩头说："摊子上的糕点，想吃什么，你随便吧。吃完了，你就去庙会吧。你到那里准能找到你爹和你家小驴。"

他们三个人抬起沙果袋，朝糕点铺子走去。钱袋回来了，小青爹一高兴，就忘了责骂迟到的儿子，也没有介意沙果脏了，而且还摔坏了。

三宝和小青坐了下来，开始吃为他们准备的好东西：豆腐，青菜，米饭，还有两杯热茶。之后，他们还吃了芝麻糕和糖葫芦。

等到茶足饭饱，答完无数提问，把钱袋被抢和三宝走丢的经过，全都讲清楚了，两个孩子才得以动身，上庙会的人群中去找小驴和三宝爹。

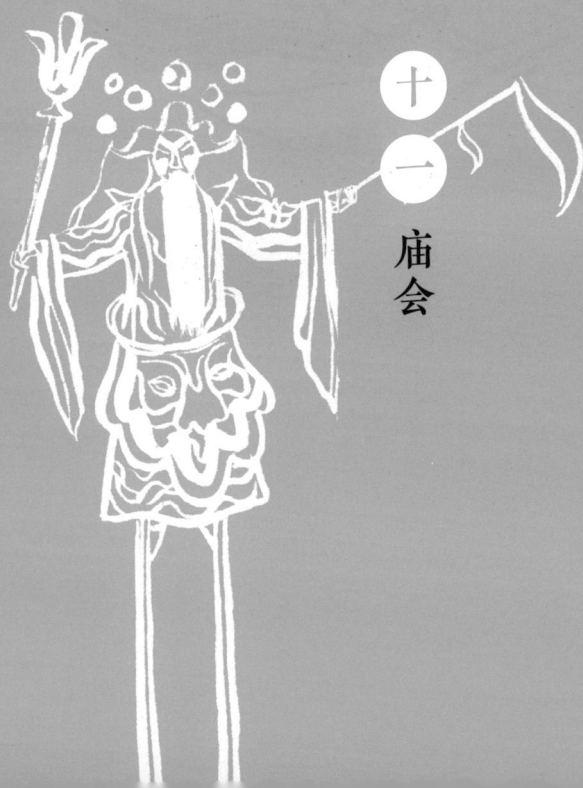

十一

庙会

两个孩子嘴里吃着糖葫芦，随着人群到处闲逛。现在，三宝肚子是饱了，可心里还在难受。因为无论如何，他都无法忘记走散的爹爹和小驴，也不知道他们这一会儿在城里什么地方。他担心，在人堆里挤来挤去，会和他们擦肩而过，而自己一个人又找不到回家的路。

"打起精神啦，三宝，"小青说，"前面马上到庙会了，咱们可以一边走，一边打听去五星号的路。天黑之前，准能找见他们。"

办庙会的地方，主要是在一个古旧的废庙院中。庙里的房舍，墙面刷着带着暖意的玫瑰红色，房顶都铺着绿瓦，屋檐呈坡形，檐下是白色的大理石雕。几个庭院里面，都长着挺拔的古柏。

小青对庙会的情形很熟。他想带着三宝，把最好的东西都一一看过。

　　"这边走，"小青喊道，"咱们先去看耍把戏吧。"

　　在一群人围成的空地当中，有个耍把戏的人，穿着黑色紧身衣，腰上束了一条洋红带子。六个红色和绿色的圆球，在他手上抛接自如。他嘴里也在念叨着什么。三宝高兴地看到，彩球在空中欢快地飞舞，却没有一个掉下来。他暗自猜想，耍把戏的会不会也有失手的时候。他还想再多看一会儿，可是小青在扯他的衣袖了。

　　"咱们不能一下午都待在这里，"小青叫道，"往那边看，有人踩高跷呢。咱们去看一下。"

　　踩高跷的人高高立在观众头顶，轻松地迈着步子，像是在平地上走路，而不是踩在八尺来高的长木跷上。有人穿作小丑，有人打扮成武士，还有人则是一身小姐装扮。他们戴着华美的头饰，上面有翎子、绒球和其他装饰物，脑袋一动，配饰就相应摇晃起来。男人的面孔上，用黑、白、红三色，画了奇怪的花纹，跟面团捏的武士的花脸完全一样。他们踩在长木跷上，晃动身躯高声喊叫，尽情插科打诨，扬扬自得。

再往前面过去几步，看见有人正在摔跤。两个人身强力壮，肌肉鼓鼓的，剃着光头。他们边吼边撕扯，互相角力。三宝和小青看了一会儿。但他们似乎很难分出胜负，于是两个孩子就走开了。

"快看，房檐下面，"三宝指着正殿屋影下的一群人说，"好像在说书呢。"

一个花白胡子的老说书人，坐在凳子上面，身旁聚着一堆急切听讲的人们。说书人正在讲一个古代的英雄，和他几百年前的战绩。一讲到英雄杀敌之处，说书人就敲一下鼓，或者拨一下手里的三弦。虽然没谁听过故事的开头，却没有什么妨碍，因为故事一讲就是几个时辰，甚至要好多天才能讲完，而每一部分和其余的又没什么分别，情节同样激动人心。三宝心想："老赵的故事，也是这样讲的啊。不过他没有鼓，也不用琴，他有的只是缝鞋用的针线。"

两个孩子恋恋不舍地听了一会儿，但因为还有很多好看的，就接着往前走去。他们在变魔术的面前停下

来，见他正把满满一碗水从袖口中变了出来，碗里还游着一条金鱼。接着，他们还碰到了算命的和耍杂技的。

但在一切所见之中，三宝最喜欢的是舞刀。有一个小姑娘，手里挥舞着两把大刀，两条黑色小辫子随着脑袋的左右转动在身后摆来摆去。她疾速挥舞大刀，忽而举刀过头，旋出片片寒光；忽而屈腿下跪，指向前方。她上穿红色绣花衣，下着褪色的黑裤，看上去像是一只鲜艳的小鸟，快活而又自信。

突然，三宝在人群的喧嚣中，隐约听见一个熟悉的声音。是的，声音又传来了："呜啊，呜啊！呜啊，呜啊！"他的心要跳进嗓子眼里了。

"啊，小青，"他喊道，"是小驴。我刚听见它了，在那边。那边，就在变魔法的地方过去一点，靠近铺子的地方。"

两个孩子悄声走出人群，朝驴叫的方向跑了过去。等来到前面一个小店的门口，就看见小驴正站在那里。

三宝跑上前去，扑到小驴身上，紧紧抱住了它的脖子。

"哎唷，小驴，真是你吗？可找到你了。"接着，他严厉地盯着小驴，"你真坏，怎么能站在铁道当中呢？"他责备地说，"要不是因为你，我怎么会走丢呢？好吧，爹爹在哪儿呢？"他又问了一句，仿佛小驴能够说出答案。

虽然三宝是在责骂，可小驴看见了他，却似乎非常高兴。它感激地用劲甩着耳朵，摇了摇小绳似的尾巴。它脖上的小铃铛，发出悦耳的响声。

仿佛是要回答三宝，小驴仰头望着店门上方的招牌。三宝跟着看了过去，好像毛驴真是在向自己示意。那个招牌上，没错，正写着"五星号"三个字。

就在这时候，一个穿蓝大褂的高个子从店后急匆匆走了过来。三宝爹终于出现了。他看到三宝站在驴旁，就跑上前来，一把抱起了儿子。"唷，三宝，你去哪儿了？"他急切地问。但能听出来，他话里透着安慰的口气，"我的心老悬着，可吓坏我了，我记得给你说过，来这里的路怎么走。你来得还顺利吧？嗯，是的，你没事，一切平安。"

三宝接着告诉爹爹，他怎样过铁道时走散，怎样同卖面条的人说话，又怎样碰见骆驼，把小青给撞倒在土里。然后，他和小青一起，把他们这一天的各种遭遇，完整讲了一遍。

十
二
新风筝

粮食卖过之后，就该把往家带的东西放到小驴背上
了。但是，店里的人不停地跑出来，恳求小青和三宝再讲
一遍他们所有的遭遇。等到终于讲完，太阳差不多也落
山了。

"咱们得赶紧走了，"三宝爹说，"不然的话，恐怕半夜
都到不了家。不过，三宝，咱们还多余几个铜子，你去庙
会花掉再回家。你去看看玩具，想要什么，就买一个，别
忘记回来啊。我和小驴等着你。去吧，我来把袋子再绑
一绑。"

两个孩子朝玩具摊跑了过去。在他们的面前，是一
排非常招眼、也很诱人的玩具。小青看到一个竹架子上
面插着一组大红风车，就指了指中间的一个。"买这个

吧，"他说，"一有风，它就会转，声音很好听的。"

但到底买什么，三宝还拿不定主意。东西太多了——陀螺、绿色和蓝色的长羽毛毽子、装在笼里的蟋蟀、泥娃娃，还有红舌头、圆珠眼的绒毛狗。

三宝猛地想了起来。风筝，风筝！当然，风筝非买不可。

"啊，小青，"他说，"我答应过王二和小老鼠，从庙会回来的时候，会带一个新风筝。"

于是，他们沿着一家家店铺，来到了卖风筝人的摊前。他卖的风筝各式各样，每一种都很别致。有黄蝴蝶风筝，武士风筝，毛脚蜈蚣风筝，猫头鹰风筝和水泡眼金鱼风筝。但是，三宝最喜欢的是一个拖着大长尾的龙风筝。这是一条蓝绿色的龙，尾巴上有一道道红色的粗纹鳞片。跟看见的其他东西比，还是它最漂亮。三宝决定买下来，虽说往家里带的时候，风筝要盖住大半个驴背。这个风筝用光了三宝所有的钱，连一个铜子都没给他剩下。但他并不在乎，因为风筝实在是太漂亮了。

"希望明天风好，"他说，"那就可以把风筝放得和

月亮一样高了。我们要赶早出门，抢在老李赶鸭鹅进河之前。小老鼠托着龙的尾巴，它实在太长了！我来拿龙头，王二可以帮忙牵风筝线。"他又激动地说，"我们三个人可得抓好线，这条龙准比我们可怜的老虎劲大，风筝线准会给挣得更紧。"

想起老虎风筝，他稍微停了一下。然后，他眼里又闪着调皮的神色说："我想，这个漂亮的新龙不会还像老虎那样叫小妹害怕了吧。"

小青有一点难过，因为不能随着三宝一起回到平原上的小村，第二天去帮忙放风筝。"没事，"他想，"反正我家住在庙会上，邻居就是卖风筝的。"

小青帮忙扶着龙尾巴，三宝手里拿着凶猛的龙头。他们跑回来的时候，小驴已经备好，就要出发了。当三宝把这个怪物小心翼翼往小驴背上搁的时候，它有一点受惊，耳朵立马耷拉了下来。最终等他们向每个人道别之后，三宝和爹爹，还有小驴，就顺着灰土弥漫的大街，一路朝东走去。龙的尾巴在他们身后，欢快地飞舞着。

小青目送着他们，直到身影全部消失。然后，他就

转身回家，哼着小曲，拖着脚步走在厚厚的灰土里。这时正好飞来一大群鸽子，在头顶的空中盘旋着，发出阵阵神奇的哨音。

"啊，"小青倾听着，想起来，"三宝忘记买鸽哨了。他一准会回来买的，我到那时再带着他，看看城里其他的地方。"

译后记

　　这几年出远差，每到一个老舍去过的地方，最令我陶然心醉的事情，莫过于去看当地与他有关的档案和文献——差不多一年之前，和"三宝"的邂逅，正是因之而来的一个意外之喜。

　　说来还是去年四月头上的故事。

　　那是一个春天将至未至的时节，魁北克虽然偶或还会飘起小雪，但总的气温是在回升。空旷的亚伯拉罕平原上，覆盖着枯草的积雪悄悄地消融着，在弯曲的小路旁汇成条条细流；城堡峭壁下平静流过的圣劳伦斯河，不断有大块大块的浮冰，从上游缓慢涌往大海方向，点缀着宽阔的蓝色河面，在高高的太阳映照下，明晃晃的一片。这一天下午三点来钟，我来到老城西南面的拉瓦尔大学，在图书馆四楼的开架书库中，从一排老舍和林语堂小说的英法文译本之间，翻检出了寻找已久的《两个中国作家：老舍和曹禺》。上一年暑假，在哈佛燕京学社，我听一个朋友说，它存世数目非常稀少，只在加拿大的三四个大学有收藏。

实际上，这是一个法文小册子，只有薄薄二十二页，里面收录的三篇文章，都出自耶稣会修士让—保尔·达拉尔之手，一九四六年在蒙特利尔出版发行。虽然看上去一点也不起眼，但它却是一份珍贵的历史资料，如实记载了老舍和曹禺一段特殊的海外经历。

达拉尔开宗明义地说，第二次世界大战结束前，从加拿大去中国的人不曾间断，中国的官员、留学生和商旅人士的足迹，也遍及加拿大的城镇和乡村。但两位著名作家的到访，却是加拿大第一次迎来中国的知识分子。他们在西部周游之后，于九月八日到十日过访蒙特利尔，接着在魁北克参观了两天——邀请并资助他们旅行的，是加拿大新闻署。这也让我想起了费正清夫人威尔玛，也就是人们熟知的费慰梅，因为几天后我就要到波士顿东北面紧邻着的塞勒姆，去皮博迪·埃克塞特博物馆查看她的档案文件。当年，她出任重庆美国大使馆文化专员之前，是国务院文化关系司中国处的第一位雇员，也是协助老舍和曹禺出访的直接经办人。

　　一个星期后，在曼哈顿上西区西六十五街林肯中心一间简单的小吃店，我见到了霍莉·费尔班克教授——菲利普斯图书馆接到她和姐姐劳拉的授权通知后，才同意向我开放她母亲的档案。说起我看到的她父母同梁思成、林徽因、金岳霖、陶孟和、钱端升和周诒春等友人的信札、诗笺和明信片，连带提到他们战前几年在中国的生活，以及战后对老舍和曹禺的帮助，霍莉忽然想起一件往事，放下刚啃了一口的三明治，认真地望着我说：

　　"你知不知道，在北平的时候，我妈妈的妹妹玛丽安，和他们一起生活过五个月，还写了一本给孩子们看的《三宝北平奇遇记》？"

　　见我露出关切的神情，她又兴奋地说：

　　"老太太仍然健在，住在哈佛校园边上，到秋天就一百〇三岁了。"

也许是想让我比较一下玛丽安和老舍，看看他们的老北平剪影究竟有何异同，霍莉表示随后会寄给我几本玛丽安的书。

没过多久，我一回到上海，就接到了玛丽安《三宝北平奇遇记》和她的回忆录。

于是，我惊奇地发现，玛丽安的家族，实在是太不简单了。

她父亲沃尔特·布拉德福·坎农，是哈佛大学医学院教授，曾任美国生理学会主席，也是同谢灵顿和巴甫洛夫齐名的大生理学家，通行的消化道钡餐造影检查法，就是他学生时代的发明。一九三五年，他曾在北平协和医学院短期讲学，抗战爆发后在美国积极参与募捐活动，组织赈济流亡中国难民，是一位杰出的国际人道主义者和社会活动家。她母亲柯尼莉亚·詹姆斯·坎农，是一位畅销书作家，写过八部长篇小说，也是一位积极的女权运动改革家。他们热爱运动和旅行，富有冒险精神。一九〇一年，蒙大拿州一座从未有人登过的冰川山峰，因为他们在蜜月期间的首次登顶，而被美国地质调查局更名为坎农峰。

坎农一家有一子四女，其中长女威尔玛，是中国美术和建筑史专家，一九三二年抵达北平，同后来成为哈佛大学中国研究巨擘的费正清结婚。玛丽安是家中的第三个女儿，她的丈夫小阿瑟·施莱辛格，和他的父亲同为著名历史学家，都是哈佛大学历史系教授，二十世纪六〇年代曾任肯尼迪总统特别助理和文稿撰写人，他的著作两次获得普利策奖，一次获得美国国家图书奖。

和威尔玛一样，玛丽安也是一位画家，擅长风景和人物题材绘画。在写作方面，除了两部回忆录，她还写过五本由她插图的儿童故事书，而《三宝北平奇遇记》正是她的代表之作。她也是一位神奇的老太太，继承了其母的写作禀赋，是哈佛典型的"蓝袜子"式文学女性。一九三九年三月，《三宝北平奇遇记》出版的时候，她还不足二十七岁；而回忆录第一卷出版时，她已六十六岁；等到回忆录第二卷出版时，她正好九十九岁。如今，玛丽安已年近一百〇四岁，按她儿子安德鲁的说法，除了衰老，她身上没有任何别的毛病——自己上下楼梯，独自起居生活，坚持读书看报，甚至用打字机写信，虽然偶尔会有笔误，但思维依然清晰。八十五岁以前，她每周要打几次网球——这是当年在华盛顿的时候，社交生活帮她养成的锻炼习惯。

说来也巧。玛丽安虚构的三宝，有点儿像老舍的祥子，同样来自北平近郊农村，他们还是同时代的人——《骆驼祥子》写于一九三六和一九三七年，而《三宝北平奇遇记》是作者一九三五年离开北平后完成的；故事虽然不同，但所处时代背景却恰好一致，都在同一时期的北平。

不过，相对于祥子的悲剧，三宝的奇遇，更似一曲浪漫的抒情牧歌。因为不像老舍，是北平土生土长的作家，跨越太平洋而来的玛丽安，更能用一个年轻画家敏锐的眼光，对超出自己往常经验的风土人情和市井万象，进行细致入微的观察和思考，并且借助一个初次进城的农村孩子的视角，用艺术的笔触和诗意的语言，栩栩如生地再现了老北平的往昔风情。

殊为难得的是，玛丽安在素朴而优美的文字以外，还用自己稚拙的绘笔，为老北平恬静的日常生活和五行八作人们幽默有趣的神采，留下了四十多幅生动而又别致的速写。在北平逗留期间，她只用短短数月时间，就跟着中国老师，不光学会使用毛笔，还掌握了中国画的技法。在某种程度上说，她简洁的画风和陈师曾《北京风俗》册页里的笔意，有着异曲同工之妙。正如去年十月间，她写给我的信里所说，"过了七十几年，我想，我这本书和插图中所捕捉的内容，现今几乎成了一份历史记录。"遗憾的是，她记忆中的老北平早已不复存在。

《三宝北平奇遇记》的篇幅不大，可断断续续地翻译，却用了我三四个月的时间，因为作者字里行间洋溢的诗意，并非我的拙笔所能轻易传达。之所以能够勉力而为，敢于迎接这份挑战，当要感谢玛丽安、霍莉和安德鲁给予我的支持和帮助。我远在盖恩斯维尔的外甥侃和在贝桑松作交换学生的外甥女琳，也在一些情节和语句的理解上，给了我有益的启发。而学军兄及时的肯定和热情鼓励，也使我在字斟句酌的时候，丝毫不敢掉以轻心。我衷心祈愿，这篇小小的译文，不会辜负他们殷切的嘱托和期望。

赵武平

二〇一六年三月十四日凌晨，记于打浦桥

图书在版编目(CIP)数据

三宝北平奇遇记/(美)玛丽安·坎农·施莱辛格著;赵武平译. —北京:中华书局,2016.10
ISBN 978-7-101-12137-7

Ⅰ.三… Ⅱ.①玛…②赵… Ⅲ.儿童故事-图画故事-美国-现代 Ⅳ.I712.85

中国版本图书馆 CIP 数据核字(2016)第 224040 号

书　　名	三宝北平奇遇记
著　　者	〔美〕玛丽安·坎农·施莱辛格
译　　者	赵武平
责任编辑	聂丽娟
出版发行	中华书局
	(北京市丰台区太平桥西里 38 号　100073)
	http://www.zhbc.com.cn
	E-mail:zhbc@zhbc.com.cn
印　　刷	北京瑞古冠中印刷厂
版　　次	2016 年 10 月北京第 1 版
	2016 年 10 月北京第 1 次印刷
规　　格	开本/880×1230 毫米　1/32
	印张 4　字数 80 千字
印　　数	1-8000 册
国际书号	ISBN 978-7-101-12137-7
定　　价	35.00 元

图书策划:活字文化 ▋